福建师范大学文学院文学创作丛书

睡在一朵云上

林巧思　著

海峡出版发行集团 | 海峡书局
THE STRAITS PUBLISHING & DISTRIBUTING GROUP

图书在版编目（CIP）数据

睡在一朵云上/林巧思著．—福州：海峡书局，2017.11
（2024.7重印）

（闽水泱泱：福建师范大学文学院文学创作丛书）

ISBN 978-7-5567-0404-0

Ⅰ．①睡…　Ⅱ．①林…　Ⅲ．①诗集-中国-当代　Ⅳ．
①I227

中国版本图书馆 CIP 数据核字（2017）第 271510 号

责任编辑　廖　伟

睡在一朵云上
SHUIZAI YIDUO YUNSHANG

著　　者	林巧思	
出版发行	海峡书局	
地　　址	福州市台江区白马中路 15 号	
印　　刷	三河市兴博印务有限公司	
厂　　址	河北省三河市杨庄镇大窝头村西	
开　　本	710 毫米×1000 毫米　1/16	
印　　张	8.75	
字　　数	117 千字	
版　　次	2017 年 11 月第 1 版	
印　　次	2024 年 7 月第 2 次印刷	
书　　号	ISBN 978-7-5567-0404-0	
定　　价	69.00 元	

序一

　　相对于中原而言,无论是经济还是文化,福建都是开发较迟的区域。然而,经过唐、五代的发展,至北宋、南宋时期,随着文化南移,处于东南海疆的福建在文化投入方面令人注目,整个宋代福建就出了几千名进士。宋代的福建文化处于崛起的状态,州县学、书院的兴办,科举的发达,刻书业的繁荣,让福建一时文化精英荟萃。北宋著名词人、婉约派代表人物柳永就是今天的武夷山人,南宋著名词人张元幹、刘克庄也是福建人。时间发展到现当代,冰心、庐隐、林徽因、郑振铎、高士其等闽籍作家影响广泛,他们的作品成为经得住考验的长销书,用今天学术界的话来说,就是他们的许多作品都"经典化"了。

　　我无意过分强调福建的灵秀山水时孕育出一代代文人墨客的不可替代作用。地域文化的某些特征有时能让人发挥天赋,有时则制约人的创造力和洞察力。我只是说,从福建这片碧水青山走出来的读书人,他们对世界的思考,他们的审美创造,随着近代伊始"放眼看世界"的时代潮流不断涌动,表现出地域性文化与世界性文化的消化、融合大于冲突的特征。同样,他们的审美书写,既有博大的胸怀,又不乏细腻的精致。而这些特点在福建师范大学文学院创作文库的诸多作品中,亦能得到有力的印证。

　　福建师范大学文学院培养的学生相当部分已经是福建省语文教学的骨干教师,培养优秀的师范类大学生无疑是教学方面的重点。同时,不少博士、硕士、本科毕业生也走上了大学教育、文化传播或行政管理等岗位,与师大文学院有着学缘关系的各类人才活跃在教育与文化建设的各个层面,他们的工作在毕业后已经有了很大的差异,但有些能力的不断强化依然是他们的共同点:一是能写,二是能说。

如果是一位语文老师,能写意味着老师的下海作文要能为学生作出示范,示范性意味着难度。语文老师的高素质表现之一就是老师写出的文章,无论是议论文还是记叙文,学生不但能服气,而且具有带动、启发的作用。近在咫尺,且与学生形成教学共同体的语文老师若"能写",其为"班级订制"的作品通常能发挥教材上的文章所无法替代的作用。如此,文学院的学生写诗歌、散文、小说、随笔,不是一种"业余行为",而通过写的"游戏状态"达到写的"专业状态"。这是因为这种"游戏之写",不是通过必修性的学分制度让学生受约束,而是通过鼓励性的氛围创造来推动进步。一位学生只有通过写小说、写散文、写诗歌,才会有耐心琢磨自我情感如何通过文字获得有效而别致的表达,一个运动员光看教学录像无法成为运动员,只有参加训练和比赛,才可能锻炼体魄,习得技术和战术。文学院从2009年开始举办一年一度的文学创作大奖赛,得奖作品汇编成正式出版物,展现学生的创作才能,通过"作品会操"提升创作水准,检讨作品得失,活跃创作氛围。如此持续多届,为形成创作批评与学术研究积极互动之特色打下基础。这样,从"运动员"到"教练员",今后师大文学院的毕业生无论是从事教师工作,还是当新闻记者,或是从事其他文字工作,不但自己要写得好,更由于自己有了对写作的深切体验,懂得教他人写出一手好文章,而不是只会用几个既有的概念或术语来敷衍出几则写作方法。能力的培养,许多是习得性的,而不是概念性的。方法的"懂得"不见得会写,从方法学习到应用学习,有一大段距离要去亲自经历,也就是说,写作能力的习得具有不可替代性:只有体验过,受挫过,豁然开朗过,积累了一定量的写作体验,懂得自身的天赋如何通过写作发挥出来,才可能找到属于自己的表达路径。光说不练,写作体验是不可能达到深切的。从这个意义上说,此次创作丛书的出版,对鼓励性的创造氛围的进一步形成，将起到明显的推动作用。其影响也将是长期的。

此次文学院创作丛书的推出，其特色除了学生作品系列，更有教师与校友系列。我们知道，福建师范大学文学院的历史可追溯到 1907 年清宣统帝的老师陈宝琛创建的福建优级师范学堂的国文系科，是全国较早创办的中文系学科之一。历史上，叶圣陶、董作宾等著名作家曾在此任教。著名的翻译家项星耀也曾任教于师大中文系。创作、翻译、研究、教学，这在诸多现代文学人那儿，多是相得益彰、相映成趣。我们无意倡导高校中文系教师在教学、研究与创作诸方面的全能化，但至少应该欢迎有创作才能的高校教师发表文学作品。文学作品创作不像体操比赛，上了年纪的体操教练很难与年轻的运动员一比高低。创作可类比射击运动，经验丰富的老教练亦可充任赛手，与年轻运动员同台竞技，有时还能获得不俗成绩。此次教师系列与校友系列的创作者，既有名家，又有年轻的教师小说家、散文家、诗人，说不上洋洋大观，但济济一堂，第一次如此集中地推出在文学院工作以及在外就职的知名校友的文学作品，既是文学院教师群体创作实力的阶段性总结，亦通过作品的共同展示，了解知名校友的创作现状，深化知名校友与母校的学缘纽带联系，构建以师大文学院为出发点的创作共同体，让在校与校外的文学院文学创作者的各种作品，从各个侧面体现文学院历史与现阶段教学的成果。

文学院这三个创作作品系列，从年龄的角度看，也可视为老中青三代的不同生活与思想情感面貌的差异性汇合，他们都与师大文学院有着种种"不得不说的故事"，他们的作品也或多或少反映了在母校生活的各种情感痕迹，当然，这是小而言之。就大处看，这三十年来，在我们这片土地上发生了各种变化与各种故事，然而，无论如何变化、如何不同，这三个系列的创作群体至少有些共同记忆密切地联系着福建师范大学，紧紧地联系着他们共同拥有的中文系和文学院。除了这一颇有意趣的共性之外，他们各自的生活与情感面相更可以让我们激动地发现，我们的同学、教师、校友通过他们的笔，对生活有着怎样的发现，又提供了什么样的思想与审美的景象,这犹如一系列的精神橱窗,让我们漫步其中,驻足品味,或会心一笑,或沉思感慨,或退后打量,或移情投入,说一声:"看看,毕竟都是师大文学院的人,他们有些地方太像了。"或是:"怎么都是师大文学院出来的人,他们的风格真是千差万别,争奇斗艳。"也许,这正是中文系、文学院应该有的写照,他们为了一个共同的爱好、趣味,曾经或现在正走在一起,他们以各自的思想与表达呈现各种看法,同时,又以他们的笔,共同表达对世界、祖国、家乡以及文学艺术的热爱。

福建师范大学副校长　汪文顶

序二

  1988 年，我进入福建师大中文系，从那时起，我和文学的不解之缘就开始了。

  那是文学创作的黄金时代，文科楼教室和宿舍楼里永远亮着不愿熄灭的日光灯，紧蹙的额头和双眉，格子簿上黑色的笔迹，一簇簇橙红明灭的烟头，都在暗示着文学风尚在那个时代是多么为人尊崇。我记得，中文系的闽江文学社云集了一大批文学爱好者。当年的文学爱好者，大多数现在已成了作家、评论家，他们将爱好做成了事业；更多的人，他们在工作岗位上发挥中文专业的特色和优势，在柴米油盐中眺望自己的理想。尽管当年的爱好已默默沉潜到生活的褶皱里，但毫无疑问，我和他们一样，用四年的时光培育了一生的情怀。

  我们为什么需要文学？每个人都有各自的判断。毫无疑问，文学让我们更清楚地看见人生和世界，我们在艺术的视距里"看见"从来没有看见的，这也许就是文学永恒的意义。因此我们说文学是一项不朽的事业，所有曾经和正在进行文学创作的人们都值得嘉许和崇敬！

  热爱文学的方式有多种，一种人以文学创作为终生的事业，另一种人持续阅读文学作品并关注文学的发展，用读者的身份和阅读的力量来影响文学的发展。大学毕业后，我曾经在莆田一中当过语文老师，经常鼓励和指导学生多写作文，写好作文，不断提高写作能力。如今虽然沉浮商海多年，但我依旧对文学创作怀有深深的情结。我愿意做后一种人，虽然放下了文学创作，但永远不离开它！

  福建师大中文系是一个文学人才荟萃之地，这里有很多优秀的文艺创作者，有的作品还对当代中国文学的发展产生过重要影响，而我也因之受益良多。今天，欣闻"福建师范大学文学院文学创作丛书"即将出版，我非常荣幸能为这套丛书的出版尽绵薄之力，一方面表达我作为一名中文学子的拳拳之心，另一方面我也想对那些依然在进行文学创作的老师和同学们表示敬意！持续关注福建师大文学院的文学创作和研究发展情况，并能有所助益，这是设立"文学创作与研究奖励基金"的初衷。"福建师范大学文学院文学创作丛书"的出版不仅是福建师大文学院老师和学生文学创作成果的一次重要结集，更是一次集体展示，它不仅总结过往，更预示着将来。我想，福建师大文学院的文学创作传统也必将因之迈上新的台阶，继续发扬光大！

福建师范大学文学院 1988 级　　林　勤

开放"校园诗歌"的抒情跨径(代序)

这里集结的是林巧思写于大学期间的近百首诗作。

犹记得一年多前,我参与评审文学院文学创作大赛作品时,第一次读到巧思作品的情形。逾千人的学院,尽管只有二三十人提交百来首诗作参赛,也算是不小的数目了。毕竟,绝大多数的学生更青睐散文、小说的写作样式,叙述性的语体和文体似乎具有天然的直接性,方便记录人事、编织故事。作为一种文类,诗的边缘化和微末化不独在大学院墙之内如此,生动的、正在书写中的当代文学版图的比重分配亦然。然而,相较别种文类,极为突兀的观感是,自网络空间漫溢,进而日渐流行和符码化的文字、风格,让诗歌遭遇着更易固化、更全局性的裹挟,泥沙俱下的渗入和"围城"如入无人之境般地瓦解着年轻之"诗"的语言。当连篇累牍、不断冒出的"诗"多数只是分行的"散文"、多数只有极其微弱模糊的诗之面貌和精神时,我有理由担忧哪怕躲在中文系文学教育的"防火墙"(此间文学史尺规适度的建构、介入,以及哪怕是当代或当下文学思潮新鲜度的"感性直观",均有助于初学写作者形成有关文学书写可能性的初步认识)内,大概也难以抵挡诗朝向破碎、任性和迟钝坠落了吧?!的确,大学院墙内试声的夜莺,迎来了比过去任何时代都要艰巨的考验。

在疲倦和沮丧交织的阅读状态中,林巧思提交的作品几乎就是意外的收获之喜了。它们打动我的主要不在于题材和技巧,而在于其间突出的对题材专断性的觉知,以及把这一觉知转化成了相应的抒情言路和抒情态度。我因而揣测,她的诗歌习作以及它们触及的可能之跨径,正可以在参照性的框架中,结合今日被重重困难围剿的"校园诗歌"(至少在我所在的高校),激发出或阐发出一些意味深长的议题(当然也包括辩驳性的议题)。不久,我把包括她在内的几位学生的作品集合为一个专辑,以她打头,在一份刊物上进行了如下推介:

……成为领悟或自觉之诗既意味着驾驭经验的自如,更意味着超出了"校园诗歌"的意义,当人们读到本栏头条作者林巧思的系列作品时,将会感叹,她的致思方式之独特、语词浸染之深透和自省自识之沉稳,或许并不亚于三十年前中国大陆大学生诗歌运动中曾集中展现过的诸多优异表现。她不仅构设不无沉重的隐喻,以便拷问与年轻之思不太相符的爱情原型,它如一颗蛀牙,"再把刚刚拔下的那颗蛀牙/种进另一个人的肋骨"(《蛀牙》),而且营造出轻逸自如的"距离的组织","雨打芭蕉二十五声/星辰陨落三十三颗/青苔染唇六十八种/雾气蒸发九十九重"(《相思》)。这令人期待。卓有识见作为一种品质不仅为思想和哲学所拥有,亦可被诗拥有,若然,诗亦渡向或终将渡向思的王国,并藉此给深陷诗思分裂的柏拉图交出一份重要的答卷。

这当然是不无冒险的主要依凭直觉的判断——其时我大约只读了巧思的十来首诗作。不过,当我浏览完这部名为《睡在一朵云上》的所有作品时,进一步坚定和坐实了我此前的预判。

毋庸讳言,青春的在大学院墙之内的写作既可能因为锐利和纯净收获朝气,也可能因为年轻的尚不假涵泳的经验而沦于感伤。应当说,巧思和绝大多数的年轻作者一样,站在相同的起点上,因为阅历、阅读的关系,以就近取材为主。譬如,被近身的事物触发,伸展着诗的触角,其中爱情、亲情、乡情的篇什占据了大部。印象深刻的是,诗人对题材的理解和处置,其中热烈和冷峻交织,深信与怀疑参半,这是一种属于她自己的诗歌精神气质的徽章,虽然隐微却也倔强。

混沌的夜里
霓虹映出其他童男的绽放
欢声笑语的飞翔尽头
是流连忘返的死亡

……

在他还是童男的时候

我在旋转木马上杀死了他

他邪魅地笑着

祈祷着下一个童男的死亡

——《童男之死》

　　这首诗置于这部诗集的开篇,之所以值得注意,与其说是它的手法纯熟、语词考究,不如说是诗人从中传递出了破解常俗题材之惯性的态度和果断。它是尖锐的,却不尖叫,将绷紧的张力不动声色地聚拢为冲决感伤性束缚的动力和依据,这使得她有效倒转了题材先验般的预设,张大为自己的判断与姿态。当然,即便对爱情的书写,诗人的态度是多重的,因而也是珍贵的,有如旋转的多棱镜,折射出经语言淬炼之后的经验的多重面影。除了上述的尖锐,还有"我的胃像一只兜兜转转的鸟/吃着你宇宙里的烂果子"(《胃》)的放达(或貌似放达),亦有以日常物什、个人特征铺排连缀的不动情感涟漪的反讽——"他把自我认知摊开在桌面/给我一只鼠标/图示整齐　工作　金钱　亲戚/服饰搭配　车子种类　交往经历/饺子蘸醋　收藏标本　红色内裤"(《新世纪婚姻》)。

　　在我看来,诗人找到了多种路径以破解题材可能的锁闭性,在她最为从容的时刻,缱绻和决绝并置穿插,不置可否,从而让文本拥有了复杂的、回路性的意味。因此,作为态度的折射和实践,就书写方式而言,经常可以看到诗人在"破解"的动作之外交错地运用着"周旋"的语气和语流(这几乎可以视为两种互为呼应的文本语势了,即短促明快的破解和绵长延宕的周旋)。

我抚摸你温润的山峰,诉说着迷离的淡愁

我抚摸你微风的浓墨,酝酿着醉人的陈酒

我抚摸你拥我的大雾,包裹着朦胧的前路

蓦地我掉入你无星的宇宙,徜徉在黑色的温柔……

哪天我若离去，将什么也不带走

只留给你一抹微醺的口红

明天我便离去，将化作一粒细细的尘

只为让你凝成一颗如水的琥珀

————《你的眼睛》

其间的沉迷以致心甘情愿不止铺开在以"抚摸"为主导的排比句式中，而且更精细地以一系列有着不同的力度和方向的动词（诉说、酝酿、包裹、徜徉）勾连而成，当深挚的情怀上升为"琥珀"时，自有了反复和回转的效果。

毫无疑问，这是对青春情绪特有的桀骜和任性的戒备与纠正，藉此它导向了情思分层、重组之后的蕴藉。当更多年轻的作者天真地就着或反着题材，进行过分单纯的俯仰时，作者却冷静地从写作意向学的层面展开了对写作实践和诗歌观念的双重反思。

首先

你要学会按空格键

接着

跟着我选取几组意象

常见的比如　飞鸟　阳光　雨露　青草　星空

你觉得太平庸了吗

那我们换一组

蟋蟀　印花　棉袄　香水　阳台

再选取几组奇怪的修辞

比如　聒噪　辗转　腐蚀

最后将它们随意组合

就变成了

"聒噪的蟋蟀辗转在印花棉袄

雨露衔着香水　青草腐蚀飞鸟

一颗一棵

洒满阳台的星空"

也可以变成

"辗转阳光　星空里满是雨露的香水

滴落下来　聒噪成阳台的蟋蟀

腐蚀了青草里的飞鸟　棉袄里的印花"

这样　我们就可以预见

三百年后　诗人的消亡

和数学家的永生

——《简易作诗法则》

　　这首诗既是写作层面的反向修辞实验，也是观念层面的何谓诗与非诗的深刻理解。诗人戏仿了如今大行其道的分行排列组合即为写诗的陋见和偏见，表达了对徒有语词之鲜活或陌生的拒斥。不妨说，巧思在写作的开端即试图赢取可贵的自知自觉。因而，当她以组诗的形制，分别从方位（《在洗衣房》《在田野》《在森林》《在审判台》）、时令（《一夜春梦》《二回夏音》《三降秋凉》《四失冬困》）和心境的分层（《混乱》《忧郁》《焦灼》《梭巡》《困顿》《救援》），写下更丰富、更复杂的《请直视我的眼睛》《呓语四则》和《孤独六首》时，不仅已经稳健地从某个意象、题材固化的点成功地跳脱了出来，而且以左右穿梭的灵活，精细地组织着更大的内外互通的文本之结构与建筑。这些在大学期间写就的诗篇（据我所知，她比较集中写诗的时间不足两年），正打开逐渐开阔的写作面向，触碰着可以张大的供腾挪的跨径。

　　之所以以巧思的写作不断地参照"大学院墙"的屏障和可能的拘限，和我对中国新诗与"校园"的特殊关系的思考有关。不太为人重视的是，新诗的发轫、发展和大学校园有重要的关联,且以不同的形式贯穿着百年新诗的历程。可以看到,胡适首先在哥伦比亚大学求学期间为《尝试集》奠下基石,任教北京大学后再次为《尝试集》注入更重要、更关键的新声和新质,且附带地影响了两位求学北大的学生——康白情和俞平伯,后者因而有了《草儿》《冬夜》。差不多与康、俞同时,郭沫若的《女神》亦为留学日本时所作,闻一多的《红烛》中的大部分也是清华时期的作品。至于后来被命名为"九叶诗人"的穆旦、杜运燮、袁可嘉和郑敏等,亦是在大学期间奠定写作的基础(譬如穆旦,虽说随着局势的改变后参加中国远征军的经历,极大地丰富了他的文本,但他在大学院墙之内初步认识的奥登、艾略特,却成了连接他的院墙内外之写作实践的"基质")。如果更大幅度地跨越到"新时期"之后的诗歌写作,不难看出,继朦胧诗(北岛、杨炼和舒婷等人因为众所周知的原因只能在校园之外写作)之踵而起的"第三代"诗人,或在校期间奠定声名或携着校园内的准备在日后不断壮大,如韩东、于坚、西川、海子等人……

这里并非要以新诗与校园的关系为尚在探索之初的巧思虚张声势,而是强调,校园对于一名诗人(作家)的写作的重要性。在校期间环绕于校园内外的风尚、个人的写作志向甚至相当程度地影响了或左右着他(她)未来的方向。特别是,作为一名在网络化的巨大背景中摸索写作的可能性,面对被诸种权势沾染变得不纯洁的"语言"的浅表化和碎片化葆有冷静的疏离,且对青春的题材和视野奉持反思性进路的年轻诗人,我无须对她既有的努力吝于表达肯定和欣喜,也愿意对她的未来寄寓热切的期待。

赖彧煌

目录

辑二　桃色喷嚏

辑三　与土地同眠

辑四　薄雾森林

辑一　流泪的双膝

童男之死

在他还是童男的时候
我在旋转木马上杀死了他
知更鸟从灵魂的伤口里啄出雪花
融化进木马干枯的躯干

混沌的夜里
霓虹映出其他童男的绽放
欢声笑语的飞翔尽头
是流连忘返的死亡

年轻的诗人都会葬在这里
限时的奔跑是微弱的呼吸
萤火虫亮成低空的星换得永生
七日的寿命隐匿着鹿的眼睛

在他还是童男的时候
我在旋转木马上杀死了他
他邪魅地笑着
祈祷着下一个童男的死亡

潜　意　识

敌人就埋伏在周围
有阴影，隔壁的村子
也有光从你那里发散
你也在，隔壁的村子

狂风折断正义的旗帜
蛰伏更为巨大的叛乱
雷鸣前一块大陆下沉
卷起引以为豪的抢夺

干渴等待救援成枯木
枉然在幻觉滴血为盟
你说胜利在群众冲出
我只是被攻打的少数

如果我能够睁开双眼
碗举过头顶承接甘露
腊月里站起来的民族
你将恩泽制造的自由

纯粹一种

等外卖的第七天
夜幕在八点光临阳台
啤酒与罐头过期半月
雾霾离楼顶仍距尚远

楼下烧烤店准备营业
街头追逐又开始上演
担忧快递员的生命安危
邮寄一把砍刀给门卫

点开订阅的八卦推送
迷恋上位与整容罩杯
反复斟酌失败的姿势
用养生浇灌心灵鸡汤

城市该有性感的红
洗浴中心该流出油脂
人群里该抢劫点什么
巷子尾该发生一桩谋杀

鲜活伴随着虚无出生
把孩子献给克隆科技
别讨论时尚的伪命题
睡满勤勤恳恳的双休

那么我要用力呼吸
用混乱多情铸成自己
我要死于窒息的人潮
拒绝与圆寂空度一日

远 征

别说话，此刻别说
让安静，安安静静埋伏
新月瞭望城墙，投下苍色
在渴睡的禁枪之城

他们的河流贯穿我的国度
像饥渴流淌在浓稠旱地
背上古墓的弓箭与尸首
决心贫瘠，瞳孔华丽

记忆短暂，共享隔绝之壁
捧起积水，反复清洗年轻
远方的田野就要睁开眼睛
扑面而来一口呛人的烟气

而我种着隐晦敏感的内心
害怕疼痛颠簸在漫长行军
佝偻的影子下寸草不生
踏过成群又密集的山峰

谁包容下我的渺小与屈辱
在征途里站立成参天大树
乌云从天际层层翻涌过来
击碎一个民族流泪的双膝

故　乡

我看到晚霞里飞过大雁
错觉又回到孤独的故乡
我不由自主地想起初恋
离家第三年听闻她的死讯

我记得她从不对世界抱怨
疲惫时只要淋一淋雨
如果有风吹过田野
她就像草摇摇身子
我被惩罚在教务处写检讨
她偷偷塞给我秋天的野果
她说想将裸露的山脊种平
在银河里与我靠背而立

她的影子是温顺的马驹
又像诗流淌在潺潺小溪
我们养了一只花衣狗
在夜里把月亮啃成腊肠

她没来由地消失在清晨
树叶被雾擦得最浓时分
有人说是因为洁癖
有人说是关于传说的圣女

我回想不起有关她的字句
遥望故乡　只剩圆月
痣在嘴角还是眉梢
余晖中　谁遗落了风铃

我在温带昼作夜息
重养了一只不会饥饿的狗
我嘲笑喜剧　为地铁戒烟
遗失了千里迢迢邮寄的遗言

来　世

假如我的天真可以衡量
它定是洞穴里的碑文
模糊了朝代的痕迹
解读不出慈悲
只供人们把玩

我总不甘成为波浪的残涛
便在风里散落无人问津的骨头
怎奈十月的余温太过仓促
来不及缝补破烂的裂裳
大雪便簌簌落下
冻结了燕子的巢

世界变得澄澈
与古寺的磬声相和
雪填补了我在山谷里
埋藏的陡峭的自尊
我只好任由食欲膨胀
平衡无处为家的流浪

我等待雪融成汹涌的海
等待海刻不容缓地把我超度
那么来世，要是只忠诚的海鸥
在日复一日的盘旋里
拒绝造作地食素
再也不会败下阵来

理　　想

人们把街角刚死的诗人
钉进土的棺材
凋零的脸上没有褶皱
不知是否吃了云的缘故

风筝放久了
就遗忘了天空的衰老
蝼蚁比人懂得写诗
政客比道士懂得神明

筋疲力尽的困兽
揉碎梦里七彩的种子
浪花卷起四散的明天
去诱惑下一个意淫的我

童　年

漫无目的地走在小径
在凉意的清晨，湿漉漉

许是过了秋分，天亮得愈晚
挂历被丢在老家，挂在晾衣架

突然想起儿时的河流
在三岁那年意外冻结，凝成冰地
时间停止，像立在早晨的树

我路过两条分岔的小河
她们在日出之处交汇，起点遥远
突然暴雨落下，要花光天空积攒的镜子

我的头发被打湿，裙摆下沉
河水上涨，融成褐色的星云
我害怕，想要奔跑，却被泥土困在原地

河流卷起巨大的漩涡
我急忙折一些名叫"稳重"的纸船
浪把所有打翻，命令我抱住厉雨狂风

我不敢呼喊，这是儿时的河流
她已穷途末路，载着黎明前的暗涌

她仍洁白无比，灌满乌泱泱的大地

河水漫过我的小腿，划过锋利的回答
悲伤湍急，任凭我弯腰也触碰不到伤疤
我终于忍不住捂脸而哭，直到曙光从天边亮起

回归寂静，我依旧站在两条河流的分岔之地
朝霞淌入眼眶，亲吻脚下的分离
徒留我只身擦干泪水，像支早熟的蔷薇

母 亲

我把我的肉体和魂魄
放在骡子的背上
我要让它驮着我的一切
回到你的子宫
我的母亲

我会蜷缩成一朵小小的云
要你帮我梦想手指的形状
我会挤压成一块饱腹的饼干
让你替我在意胃里的粮食
我会成为一个规矩的圆
或者 一个易解的公式

母亲
我在冬天醒来
又在冬天死去
我瓦解的生命牵扯着你的皮屑
它目睹了你茂密的生长
与你的衰老对峙

可是母亲
我的泪水太过浑浊了
我怕它们弄脏你的基因
我怕你因此不爱我

让我漂泊在孤独的海里
熄灭四周的灯塔

可是母亲
我的脐带把我困在原地
我战战兢兢地盖起我的国度
放入了那些没有上帝的文集
你还会守护着我吗
一个因为没有翅膀而恐惧的孩子

如今　我还是决定
把你所赐予的一切
与我承受的一切
都交还给你　我的母亲
即便如此
我还是那头负重的骡子
驮着我的肉体和魂魄
找不回你的子宫

盲

我看不见　已有八年
生命调好时钟　能分辨昼夜
听觉不敏锐　不像老王能分辨车型
触觉未惊人　不如老张会纹身算命

我有个公开的秘密　要娶美人为妻
老王笑我眼不能见　何必用假象粉饰太平
老张笑我心也不明　上天不公给予我胆怯
我是拒绝繁衍的女权　挑剔、丑陋、故作姿态

我想拥有美好胴体　陪我上天庭下地狱
用她装点门面　而非众人口里的因果报应
我不憧憬光明　却敬仰黑暗
它把万物从阳光淋浴的自大里抽离　回归蚊蝇

我不在意她的乳房是否贫瘠　能否喂饱希冀
更不在意她是否如我会写作、声音好听
只要夕阳不在她脸上印出惊慌的光斑
我便为她耗尽街头演出的廉价版税

我比谁都清醒　心如明镜
坚信定是欠了美的债　或者偷吻她的手背
这辈子势必赌上死鱼的眼睛　金苹果的芯
像婴儿把自己交付给混沌　黑暗就是光明

蛀　牙

那根最接近心脏的
亚当的肋骨
我种进了我的蛀牙
在你每一次的盛开枯败
勃起又靡颓
它以一棵松的姿态
顽强地汲取着致命的甜
流出黑红的眼泪
混进血液　张狂地笑
只剩半颗

你问我如何拔去心里的痛
我微笑着为你安上精美的陶瓷牙
再把刚刚拔下的那颗蛀牙
种进另一个人的肋骨

流浪之人

不得你讯
只好把身上的污垢典当干净
这样就有了
把你送给我的绿色指甲
纹在左眼睑的资本了

新世纪婚姻

他把自我认知摊开在桌面
给我一只鼠标
图示整齐 工作 金钱 亲戚
服饰搭配 车子种类 交往经历
饺子蘸醋 收藏标本 红色内裤
在回收站里
我发现他删掉的分手原因

换我把他人认知摊开在桌面
我口述他笔录
二十五岁 面容姣好 爱惜身体
文凭不高 能背古诗 法式料理
看肥皂剧 喜欢小孩 作息规律
他问找述有哪些问题
我笑着摇头
决定把性冷淡吞在肚子里

相爱之人

在你说爱我之前
先让我剖开你的肚皮
看看里面装了多少女人的身体
再把自己缝进你的阳物
吐出我爱你的污言秽语

胃

我决定与你分手
一想你就胃痛

我的胃像一只兜兜转转的鸟
吃着你宇宙里的烂果子

你说那是夜里发光的陨石
即使我会积食，无法起飞

黑暗里，我的胃肿胀升起
犹如一根无私奉献的灯芯

我要把结石填进你漆黑的大地
即使胃黏膜破裂，岌岌可危

我要沉沦繁星交响乐的爆裂
拒绝发光，拒绝做指路的精卫

粉红色火烈鸟

在喧嚣里点一盏灯
让赤裸的粉红变得温柔
防风林化作镶在身上的鳞片，高筑
吐出半晌夜雨静谧的浓稠

摘下咿呀摇晃的荒原玫瑰
撕扯花蝴蝶的羽翼，一身的粉
感官在出汗的世界里
清澈地摩擦爆炸
你拭去我眉间的廉价
再觅得我藏起来的昂贵年华

烟气袅袅，晕出颜色各异的眼睛
他不爱说话，你一马平川
无非是一只腆着肚子的容器
玻璃折射出真实不堪的命题

丢失梦境的午夜
张开翅膀，化身寄托浑浊的其他
从陌生人影子里长出卑微的皱纹
卷成火烈鸟的模样，去拥抱被黑暗吞噬的，不被察觉的太阳

体 温 计

把我们之间浮沉的回音
垒叠成虚度光阴的水银

暖暖身子吧 发一次烧吧
我寒冷地祈求漂亮的死亡
在春天

睡在一朵云上

情　　话

我　说
　是　破
　　只
爱　　你
　杂
语　　你
　言
我的
　片
　　残
你　说

狼

游走在边防线

离群的第三十天

暮光闪闪　寒暑落尽

天地相合　映着橙黄眼球

练习尖锐目光与荒原声腔

练习温顺低鸣与马戏技法

它习惯了粗糙的嗓音

只好把石子含在嘴里

摩擦出敏感较真的神经

它发现被蚂蚁剥光的兔子

固执地掩埋起来年的丰收

不一会儿它倦了

在墓碑上打了个盹儿

山脚炸起火花，夜色降低

一声叹息在天边惊醒

它重新游走在边防线

望着正在被飞蛾空袭的村落

渴望零落的狗粮

旷　　原

野兽站在旷原
有人在他面前射击白羊
隐藏的悲伤被触及
反胃，他决定成为素食者
却被噩梦嘲弄，永别流亡

众神嗑了药，奔向坟场
热带的雨失调，似集结号
白日焰火下，铁轨道道
默不作声地压过路人的手
成为钝的刀刃，成为煤层

无人预约太阳
它还赶着赴宴
昼夜支起巨大的钟摆"叮当叮当"
宣誓分界河两岸的角斗场
这一季的冬天稍纵即逝
谁都赶不上下一季的昙花

旷原遗失挽歌，迎来祝词
殉道者成为大地的呼吸
痛饮不倦的别离
而星空却笨拙无言
只好化作那一颗颗落下的
侥幸的亡魂

一般之歌
——观《Ａ级控诉》*后仿痖弦诗题作

远处的阿勒山　雪已消融

蜿蜒而至的小河流淌不动

阻隔着　无家的灵魂

再近些的枯树干渴地剥落　漆黑的皮肤

至于城门边倚靠着没有骨骼的身体

至于婴儿在母亲腹中静止地呼吸

秃鹫啄下一颗无血的眼睛　飞出浑浊

一切都会如烟散尽

春天来了　信仰归去

他们失去了声音　沉默如谜

红绿灯下等待的分秒走得最慢

车流不息　匆忙的尘埃滚滚

一粒遗落进不见光的角落

零星的书　积成厚土

明日丢失思考　今朝只需沉醉　旧从前

月与星的交融　朦胧了回忆的噩梦

还有鲜血与纯白　覆盖了生锈的枪支

漫不经心的白鸽划过浓云的天空

春天来了　信仰归去

他们失去了声音沉默如谜

* 《Ａ级控诉》是 2002 年由加拿大导演 Atom Egoyan 拍摄的电影。

子弹与茉莉

自从井水被倒空
树上开始长奇怪的果实
结着零零散散的痂
像是被烟云抚摸过的
一只只小巧的耳朵

他们在听什么呢？
是被遗忘的米粒的哭泣
是街角的老猫因为脱毛战栗
是影子交错，杂糅成一团混沌
是仪式伪装起的义正辞严的狂欢

他们听到高跟鞋的声音
叮叮咚咚，奏成一曲早开的四季
月光洒在细小的痂上
弥漫起无法告知的快感
囚禁了善良
囚禁了无端的眼泪

他们终究听见了子弹的诗句
与肌肤相触的柔和静电
在黎明前夕，一朵朵轻微爆炸
他们终究打碎了欲开的红色茉莉
把她们轻易埋进土的涟漪
在喧哗中，沾上佣兵温热的烟蒂

简易作诗法则

首先
你要学会按空格键
接着
跟着我选取几组意象
常见的比如　飞鸟　阳光　雨露　青草　星空
你觉得太平庸了吗
那我们换一组
蟋蟀　印花　棉袄　香水　阳台
再选取几组奇怪的修辞
比如　聒噪　辗转　腐蚀
最后将它们随意组合
就变成了

"聒噪的蟋蟀辗转在印花棉袄
雨露衔着香水　青草腐蚀飞鸟
一颗一棵
洒满阳台的星空"

也可以变成
"辗转阳光　星空里满是雨露的香水
滴落下来　聒噪成阳台的蟋蟀
腐蚀了青草里的飞鸟　棉袄里的印花"

这样　我们就可以预见
三百年后　诗人的消亡
和数学家的永生

寻人启事

姓名：父亲

性别：男

年龄：七十五岁

身高：一米六五～一米七

体重：一百二十五斤～一百五十斤

衣着：不详

走失原因：不详

特征：

1. 左手一道伤疤，一岁打碎玻璃杯
2. 嘴角一颗痣，十一岁使用中华铅笔
3. 带着军功章，二十一岁入伍剃掉长发
4. 鳄鱼牌皮鞋，三十一岁结婚盛装出席
5. 突出的眼睑，四十一岁应酬突发脑溢血

请有发现者迅速致电18888888888，酬谢五十一岁的半头白发

乡　愁

一间木屋
被川流吃掉绿漆
阵阵轰隆　居中
城市交融

一颗晨星
被霾包裹住三角
片片锯齿　悬空
光线迷蒙

一个贩卖童
把破碗敲得响亮
波波路口　穿梭
"乡愁——

乡愁——

五分钱一碗的乡愁——"

裂　缝

清晨
城墙上多出一条
歪歪扭扭的裂缝
不知是因为夜雨
还是吃了整宿黄土

蚂蚁小心地勘测
爬进石壁深处
苍蝇的腹部
它迂回蠕动
做起了白日梦

九时
阳光在霾后
拖拉机牵扯起旧日篱笆
砖瓦落下
砾石嘈杂

蓦地，世界恢复安静的冥想
只剩一个女人的声音
慷慨激昂
像是在竞选市长

她暴露了行踪

尘埃与影子纷沓而来
潮水推波助澜
稀释混杂的脚印
世界又重新开始摇摆

石壁里的蚂蚁
梦见曾经居住过的人家
那个带着口罩的初生娃娃
它刚要梦想她真实的模样
却觉得窒息缺氧

城墙补好了
蚂蚁连同一片落叶
封锁在狭小的遗忘
它忘记了祖祖辈辈的告诫
仰望不该温存
梦是无人探寻的代价

玻璃孩子

一间间玻璃棺材里
住着一个个玻璃孩子
黑发长短不齐，遮盖脑的指纹
呼吸浅尝辄止，凝出蜗牛的流星

玻璃孩子伸手便可触及
绵羊的外衣与杨柳的倩影
梦里编织的怪兽形态各异
梦外跳动着相同的透明的心

有些孩子死得轻巧
人们往棺材里注入老人的眼泪
那是声势浩大的腥味海水
把透明的心染成红色的心

有些孩子幸得偷生
岁月层递，棺材长出石壁的藩篱
透明的心膨胀进缝隙
只能蜷缩成胚胎的雏形

许多年后
玻璃孩子成了博物馆的一员
他们有幸成为淡泊的见证
共享一句简陋的墓志铭

"生于 1980 年　死不详"

西　安

我坐在地上
黄河坐在地上
杨玉环坐在地上
兵马俑也坐在地上

我开始笑了
黄河开始咆哮
杨玉环开始啼哭
兵马俑开始肃穆

我举起弯刀
黄河水位降低
杨玉环不再扭梦
兵马俑找不到头颅

我登上钟楼
黄河口衔粗砾
杨玉环葬命马嵬
兵马俑在日下破裂

疫　　苗

他们把我刻字的骨骼剥下
连同疲倦的细纹、无涯的暮色
都磨成细粉，兑上救赎的灵魂
便成了一管新世纪的
新型疫苗

让渴望包裹我身
埋进你在失眠注射的针孔
我要把手长进血液汹涌
拧亮漂泊在深海的孤舟

"给黑暗喂一点同病相怜的光明吧"
这是疫苗打出的
负债累累的广告

丰　收

田野里种的
是谷子？玉米？
还是一群栖息的鸟？

我不喜悦
收割完就知道冷的样子
饱满要骄傲地飞走

伴随我的是漫长枯木
不能下酒　不能赋诗
只好把自己晒干　在粮仓冬眠

昨　　天

是一颗冰糖含在嘴里
又是赤身装在甜的中心

没有屋顶的房子遭遇旱灾
小船不像明天一样到来

梦 境

用力堆砌再拆除
枝叶不足以裹蔽恐惧的身体
你打梦境的荒原走来
我向拼凑的沉睡走去

耗费初生的能力
孕育出一颗无血的心
再把沼泽变为盖起神庙的圣地
雾重不妨碍我看见你

破茧是痛苦的重生
藏在沙漠仙人掌的刺里
狂喜与焦虑并肩前行
谁都是自己的神，是世界的幻影

火种难以为继，环墟终将归零
打碎重组是我也是你，烧不尽
日日年年的一千零一夜
不过是他人闭眼的一瞬间

无　　常

阳台上的鸟笼里关着乱学人话的鹦鹉的眼睛里
住着家门口那只整天追尾巴跑的笨猫的眼睛里
闪着清晨六时五刻骑单车而过的邮差的眼睛里
留着慢吞吞买菜体态日益臃肿的主妇的眼睛里
记着周日做礼拜闭眼假装虔诚的神父的眼睛里
藏着午夜在灯红酒绿里赔着笑的妓女的眼睛里
望着放学归途追赶青春与天真的孩子的眼睛里
寻着校门口小卖部已满头白发的老奶奶的身影

辑二　桃色喷嚏

相　　思

雨打芭蕉二十五声
星辰陨落三十三颗
青苔染唇六十八种
雾气蒸发九十九重

思念你是芦苇荡里的风
思念你是皆大欢喜万事成空

驯　马　人

我饮下你赐的苦艾酒
太苦只能远行
你井水斑驳的眼睛
是没有星辰的大海

只愿做你红尘做伴的马
戴上四季的轮转
再抬起苍茫草原的夕阳
镶成戎装上的一抹金黄

滚滚羽翅　　滚滚秋凉
我的脊背　　他不说话像一个哑巴

少 女

1

你走近我
无声无息
像一串柳叶风铃

2

我养了一口井
是暮色之度底甘甜之夕
在你装满斑驳之月时
灌溉你银白色底星系

3

要去到瀑布最底下
取万钧之力底泉水
洗过你瀑布底黑发
洗过你瀑布底眼睛

4

你是舒伯特底小夜曲
我是为你凹凸底钢琴
你小巧似豌豆底音符
照亮无法言说底生灵

情　诗

1

天空见证我的一无所有
施舍我几亩干净的草原
我用溪水洗净身体纹路
恐惧衰老玷污你的年轻

马驹替我邀你赴约
与空旷对话，交换灵魂
你不让我把誓言刻上石子
对流星许着健康的愿望

2

偶然与必然一字距离
爱你的繁茂，你的常青
阳光在叶间流转出雀斑
山洞里睡着温顺的羔羊

而我是深海的鲸
目睹高压下难产的爱情
我愿歌颂圣洁搁浅陡壁
让嫁衣皲裂在上帝眼睛

3

你在酣睡，我访问群岭
彼此生活里平行着换季
我选择最险的路径攀登
牺牲不断丰富之间的你我

想要对话倦怠、孤独
慰藉高耸又善感的旅人
就让你的小兽长在我的手掌
环抱银河星辰，落尽朝梦晚汐

距　　离

像在荒岛望断天上星宿
摇曳最澄澈的海与珊瑚
千只眼睛亮着光年尺度
仿佛伸手就能与之共舞

像在此岸望断彼端柔肠
拉长思念距离忽明忽暗
潮水拥挤带来珍藏的沙
放逐我在最陡的礁石上

爱　人

忘记用一些词形容你
只好让孤独在孤独里　断断续续

忘记打一些绳结来记忆
只好让海浪在黎明前　进退失据

桃　　子

想你
是一颗晚熟的桃子
在有风吹过的夜里
让我接二连三
打着桃色的喷嚏

如果
我生了一场桃色的病
就把我种在你家的庭院
我要结出早熟的桃子
落进你来年盈盈的眼睛

十 七 岁

打不完蚊子的夏天
清晨是咸　杨桃很涩
晚霞翩跹　展翅成她的秀发
电扇轰鸣　拂过耳后的青苔

缤纷的书签来不及夹紧
层峦的黄昏便如约而至
她挽起衣袖　回头张望
操场是满溢的芒果香

寻寻觅觅
那个能闻见荔枝的地方
露珠是她的唇　是火焰的湖泊
雨落进脚印预谋的邂逅
一圈泥的漩涡

觅觅寻寻
踮脚张望窗台的纸鹤
混着睫毛投下斑驳的剪影
雀斑里　褐色的羞怯
一群隐秘的成熟

晚风拂过一波初恋的呢喃
颤颤巍巍　湖底酝酿的汪洋

他徒手砌起边疆　只道青春漫长
攥紧的细汗来不及拭干
和那个未吻下的姑娘

知了被钳住喉咙　落地生根
便有幸见证了十七岁的夕阳
它因日日约定而燃烧
是亭亭默默的池中之莲
是静静悄悄的一叶知秋

温室效应

你的空调温度下降一度
我孤绝的小岛便岌岌可危
还有我种下的
那一园子已经成熟的樱桃

水　　仙

她唯能决定的
种一盆水仙
于窗台搁浅
第二块菱形玻璃

短短的根
水下舒展的季节
盘错成糖纸
薄薄一层

金丝边/银丝边
她拒绝攀岩，在放学
正方形/长方形
她拒绝生长，在土地

搬开凝结的露水
有清香的甜
像她吃完樱桃
撅起的小嘴

夜　　灯

你撷取夜幕四合的蕊
把它放进渡口的睡莲
水纹的柔光倒映着你的温情
你的温情倒映着我眼里缥缈的晨星

你不撷取我眼里缥缈的晨星
而把自己的柔光融进水纹的温情
睡莲的蕊留不住渡口的夜幕四合
渡口的夜幕四合却留住我不知疲倦地点灯

咖　啡　馆

2022 年 2 月 2 日
我第 22 次走进巷角的咖啡馆
我仍旧点了那杯 22 年的红酒
留心她在这个下午的 2 次回眸

她今天的头发样式与过去重复 8 次
口红是新买的　色号 08
隔壁的酒客讨论着今日彩票开奖的尾数是 8
就像我初见她时她梳的发式

2022 年 2 月 2 日
他第 8 次走进我的咖啡馆
他仍旧点了那杯 22 年的红酒
在品酒的欢愉里我偷看了他 8 眼

他今天的西装领带是 22 年前的复古款式
袖扣还是那只　型号 22
吧台的老友讨论着今日彩票开奖的双号是 22
就像我上周见他时他穿的皮鞋

十 九 岁

她坐在我面前　点了一支雪茄

眼影均匀　晕出一抹稳重的慌张

旁边的食客总在觊觎

我们桌上的蓝莓蛋挞

而我总在觊觎

她睫毛上那朵未融的雪花

长 镜 头

从学校到你家的院子一共两千五百米
没有拐弯，通向定时下沉的太阳
徒步半小时，公交十分钟，想念一秒
途中有家理发店，周一定期休息
浙江菜馆重庆小面一墙之隔，甜辣串味
包子铺今年涨了价，冰糖葫芦少了一枚山楂
海鲜餐厅换了装潢，卖起鱼腥味的水果
皮鞋店延续两个月前的促销，天天跳楼价
无聊时可以研究服装店售货员的审美
邻居张大爷又在摊前为折价商品讨价还价
肺叶震响大街，宣示着两毛钱的胜利
开始为过去现在与未来的健康担忧，今晚开始早睡

集市那只流浪狗还是无人收留，你今天喂它火腿
然后让它听话地留在马路那边，你要融进潇洒的车流
春天刚到，你便着急穿上白色短裙，扎高马尾
未散去的凉意让你欢快跑起，我也跑起
暮色推迟，影子便能延伸到我的感触之地
是我美术课上新削的铅笔，画不好的雏菊

从学校到你家的院子一共两千五百米
五百米处的榕树下，隐约听见合唱团的歌声
我犹豫地轻吟两句，被你发现，确认我的名
我支起自信，念着如流的地名，树叶帮我掩饰颤音
你笑嘻嘻地走神，发现我松了的鞋带，慌张的神态
我蹲下身，你返家去，你说了一声再见，是我的百分之一
我长舒一口气，搭乘你家门口拐弯处的公交，反方向

59

温　柔　乡

姑娘啊　你别说话
别翻开宣誓贞洁的诗集
那些都是孤独者可耻的意淫
只会让我们显得廉价
野兽已在山谷里睡下
它不敢舔舐你的洋装和宝藏

姑娘啊　别告诉我你的名字
不管那是玫瑰还是 NANA
闷雷在十字架上方炸开
照亮你涸辙的乳房
她们是窗外的灯塔
夜夜在荒野里张罗起烦恼
让枯树听闻　悄悄分了叉

姑娘啊　来牵我的手吧
我把我仅有的信仰与手枪
都放在你的怀里
我要带你远离生锈的锁
带你到最高的山上
岩石是我们的帐篷
山丘是一汪温柔乡

姑娘啊　你别想家

家是一颗死亡的药
让我们变得卑微与渺小
我愿与你一起和着风服下
让我醉在你的掌纹里
让我们荡起双桨

你的眼睛

我路过你的眼睛，是暮春
那儿谢了满天蓝花，忧郁地微热
你的眼里有一泊湖，游着寡色的鸟
张着嘴，吐出一串上升的气球

我抚摸你温润的山峰，诉说着迷离的淡愁
我抚摸你微风的浓墨，酝酿着醉人的陈酒
我抚摸你拥我的大雾，包裹着朦胧的前路
蓦地我掉入你无星的宇宙，徜徉在黑色的温柔

日的静谧与夜的浓稠
欲睡的雨水与迷路的麋鹿
我跋山涉水找寻你深埋的宝藏
最终在湖底捧出一颗剔透的珍珠

哪天我若离去，将什么也不带走
只留给你一抹微醺的口红
明天我便离去，将化作一粒细细的尘
只为让你凝成一颗如水的琥珀

智　齿

温床里的潜伏
耐心又小心翼翼
感受培植在左耳的
三朵月季

存在不温不火
凋零顷刻之间
只好在漫长岁月
轻巧地发炎

让挂念分期
三天两夜

酸

山在那边
海在那边
蓝在那边
绿在那边
笑在那边
哭在那边

怎么连你也在那边
怎么只剩我在这边

父　亲

用一个词能形容的
我愿称之为火车
怀抱四方，人生摇晃

拍打进雨里的坚决
吐烟于冰天雪地
星移，绿皮日益褴褛

在出行使命里承受
驶过无数翠色国度
也驶过洞穴和墓地

叛逆在童年拒绝搭乘
徒有颠簸和不言语
忽略齿轮转动的唏嘘

成人仪式猝不及防
铺好环游世界的铁轨
汽笛响起，无畏如山脊

得不知疲倦成潮涨
踏上永不回头的初航
将半生更迭成老马，归乡

离 别 信

1

胡同口在晴天后
喜欢下一些小雨
与夹缝里的嫩草
父亲老旧的皮鞋
握了握手

我、你还有他
坐在门口的台阶
向彼此掷着胆怯的石子
月光洒下之时打开窗户
交换琐碎的脚步

2

听过关节里颤巍的和弦
将衣橱里的校服反复熨平
以无端把梦想喂饱
如无人察觉的生长
河流从头顶一倾而下

旧相集夹着爷爷的黑发

好像时间站在踟蹰里
装满一汪池水的星星
她微笑地吸光氧气
对我说声欢迎光临

3

遥远给予了缝隙权力
想抓住一些气味、心事
雨落进巷子取暖
躲进他的眼窝
教他接受秋天的缺席

夜衔着将要成型的露水
给未来写一些离别信
用蛮力刻成一张老式 CD
在多年后翻阅起早醒
只为掩饰的咳嗽落泪

4

开始与蜗牛和阳光较劲
计算踩过的田野面积
不再为自己捕捉路过蜻蜓
给孩子唱唱年轻的恋歌吧
等晚霞铺满大地

还会做着关于火柴的梦
熟睡时给挂钟缝个补丁

恍惚间听闻一阵马蹄
踏过我的房梁住进隔壁
走过一把繁复的四季
走向你未孕育的愁绪

给　　你

把途经的一些枯枝、驿站
还有凋敝的向日葵
采集　研磨
烘焙成肥沃的土
来年的风一吹
便能长出慷慨的白露

把梦里的一些伺候、冷茶
还有不押韵的诗
捕捉　风干
建成沙滩上的宝塔
明日的潮水一漫
便能抚平成河蟹的家

把握紧的一些浮沉、喃喃
还有打碎的雕像
编织　流放
漂泊成褴褛的方舟
今晚的候鸟一飞
便能载来协定的暖冬

把储存的一些隐忍、伤疤
还有回响的松林
灌溉　安抚
折叠成一枚方形邮票
此刻的坚冰一融
便能寄走咫尺的他乡

美　人

鹅毛垒得很高
月光轻抚上脚尖

曲折的山间小径
通向装满镜子的阁楼

夜色潾潾
一只长角鹿立在峭壁

潮水退尽的沙滩
都死在而立

渴　　望

我喜欢徘徊在三层的走廊
看颜色不一样的天空、树、砖瓦
发呆让浪费变得饱满
让未知充满未知

我渴望化作天空里最浅的一朵
隐匿云群　分辨不出
又能高傲反应　雨雾雪冰
落进人丛　分辨不出

我渴望长成榕树里最轻的一柄
缓慢光合　自由呼吸
又能围作暖炉　燕雀蚁鼠
魂归尘土　自由呼吸

我渴望铺成砖瓦里最无的规矩
泥土随砌　用力相拥
又能立成高塔　眼耳口鼻
静立做伴　用力相拥

横　隔

给过去寄信
以影子做戳
是我的部分
伴我变更
变更又永生

总要激起涟漪
烛台上浅浅一滴
一些小而浊的河流
淌过我们的身体
轻轻地

只有鸟飞回原地
群居建巢告别迁徙
嫩柳盘旋成年轮
安静时听见的回声
越来越薄

墓　志　铭

复原好废弃的船
用干净的煤油
多余一个晴朗的夜
拥抱，不要打灯

把我混进一抔故土
在远离岸时下沉
记得别打扰沉睡
还有忙碌的海风

于是便能随时起航
载着故乡流转八方
包容所有边疆的棱角
白皙似羽，浩瀚如光

而我的坟不过小小空壳
只贴着立秋柳叶的吻
任凭行人匆匆，培上新土
刻着自嘲里庸人的玩笑

季之分界

炮仗花开了
攀上电线
枝条下垂
给摇荡的白天

我总在夜里途经
像诗人有心的错过
我想给它拍一张照
定个晴天，同自己

鲜艳散在薄雾里
在腾出的末梢弯月
徒留我站在不稳的台阶
可惜错过的换季

生　　命

万物幸存　　亏欠的圆
风平浪静　　歌舞升平

暗夜逢灯　　雪泥鸿爪
炊烟人家　　驿路梅花

高山层叠　　星霜屡移
数载梦尽　　琼楼玉宇

谁堪共语　　归之若水
凭栏独酌　　短诗漫漫

玫瑰旅店

反正不种玫瑰
用故事换一碗星星

可以是玫瑰色的
也可以是其他

可以是糖味的
也可以是其他

可以是假装好听的
也可以是其他

长　安

遇见你，似遇见过路蜻蜓
领着我途经四季苍翠的光影
那等候了百年的锦色墨香
是你流水汩汩的一纸年华

我曾渴慕成长如云作霞
背上碧水日出乘风破浪
我便把自己种进寸土青山
饮着闽水，歌唱青春和理想

榕树邀我沐浴清晨黄昏
与图书馆的窃窃私语对话
流转在课间的一朵茉莉花
应着温热的鸟鸣，你的秀发

我与你同生共长，喜虑成双
像唤你一声长安，又浓又淡
你是浩瀚虹流，卷起七彩生灵
落进我的怀里，亮成大梦流星

再　　见

不愿在黑夜搁浅
像不愿融化的棒冰
都要摊在这个夏至
剪下怀旧的满月

我们在此刻干杯
将虚掷的光阴灌醉
压上彼此细碎的舞步
双手轻轻搭在肩膀

我要点起往事盏盏
就像对酌婆娑的喃喃
星星和我们是你的尾巴
跟随你苦涩初恋的轨迹

我笑你的眼泪崩溃在浅眠
还有那个醉酒的午夜
晚风轻拂，蕴着微醺
宛若初见时的漫天云霞

于是熄灭凌晨的街灯
把年轻和遗忘高高挂起
掌纹重叠成来日方舟
用潇洒换你的四年羽翼

于是今夜举起酒杯
碰碎柔肠，山河一场
我愿化作幻梦里淡淡的光斑
洒在你迎向阳光的最小花瓣

心　　事

人们喜欢在树下思考心事
思考要不要做出走的果子

那树在哪里思考心事呢
在那片翠色的目送季节

奚　琴

碰巧是一块古木
秦腔呜咽，豫剧嘶哑
拣出蟒的鳞与龙镶嵌
空心带沙，金丝如发

犹记夜访凉帐
金戈铁马，美酒百盏
流不尽长江水，渴醉
檀香倾倒，荒野万丈

月夜回响的空山鸟语
赛马、流波、秋之韵
空皮囊，散尽铜板
孤魂从锦绣绵延而下

忽觉喧嚣初上
觥筹霓虹，行道交响
钟楼布满混杂的鞋泥
谁在路口为流浪献唱

台　北

迷人泡在永恒的潮湿
醉着浓稠的鸟与植被
乌云飞进二手书店
酝酿时刻的绵绵小雨

轰隆从心里踏出脚印
在马路上驰骋又歌唱
呼啸而过的粒粒光影
是少年和月亮的声音

和平路上的师范大学
不知名的鸟停在电线
窄巷里晚霞挤了进来
好吃的蛋饼周一歇业

色彩染上紧挨的平楼
年轻自由如饭量慷慨
野猫在午后把酒言欢
群星抚上夜半的脊梁

平凡的一天

2016 年 2 月 16 日
风敲醒清晨，有雾
惊奇地发现日月共天
在厨房翻找记录的相机
蛋被打碎，双黄连

丈夫动了声带手术
一些呼吸和猫的睡眠
麻雀立在阳台，开贪食的玩笑
觊觎未醒的虫，旋转的牛奶
一声"叮"——呼应辗转的梦境

多色衬衫压着地铁
证券停格，拥挤着缄默的必要
姓氏跌落，藏进马路扎根
拨快手表，在意交错的时差
办公桌上，多肉植物慵懒地膨胀。

审计表堆积，数据线缠绕
把学过的唐诗累叠，平衡桌角
日历等待检阅，红字标示受孕
今日晨报和切分白昼的三菜一汤

是冲进卜水道的一碗药渣

日之山川，夜之湖海

电梯升上二十楼，还是一声"叮"

开门，关门，寒气悄悄光临

电视多嘴，铃声靡靡——

"是谁囿于昼夜，厨房与爱——"*

*①语出万能青年旅店的歌曲《揪心的玩笑与漫长的白日梦》。

雾

如果有一片浓雾
能盖住我的平房
它可以随意扯着门帘
记得问候门口的凉鞋

等到雾气涨满池子
便放飞养了半年的麻雀
与谁都要均匀告别
不如遗失在浅眠

静

规规矩矩地盖房
往墙里涂抹新鲜蜂蜜

需要一把勺子
在厨房画一千只鸟

想哭的时候放飞
饥饿也是一种食疗

窗户不敢下雨
怕惊扰一梦生命的鱼

小哨去往集市贩卖月光
这里的夜晚静悄悄

无　梦

1

要给潮水画最美的肖像

在一面盐筑的墙

等风来　等云来

等一束长长缓缓的光

2

最爱的书丢失最后一页

回忆停在六月的河边

你游上岸　有亮亮的鳞片

预示我必将失去的命盘

3

昨天复活在草垛

从长廊深处走来

像蓝色的雪覆盖了天黑

让我牵着你　赤脚走在温润的火焰

4

那朵花开了吗
失聪的人听见了吧

春之小夜曲

编织一个下着春雨的梦
当我枕在你温柔的右臂
你可以唱一些儿歌
或者，拂过不言语的泥

给我一个吻，就任由我
沉沉，沉沉地睡去
下着春雨的夜里，就任由梦
沉沉，沉沉地睡去

辑三　　与土地同眠

请直视我的眼睛

在洗衣房

请直视我的眼睛　在洗衣房

在你宣读告示里宿命的肺病

我们呼吁算命　驱逐连绵大雨

合成一条的掌纹　像抽离的寿命

暗室塞满喘气　年龄与时限拉开距离

乌鸦早晨六点产卵　羔羊晚上八点除毛

我希望像丈夫一样有阳光，驾着马车运货、送信

用第三十二天的工钱换一盒胎教唱片

经理办公室在仓库二楼　有通风与朝阳的玻璃窗

他让年轻的女工投递新烟　并拉好窗帘

玛利亚的雕像碰碎一地　熨斗烫伤衣襟

谁被拖住周日赎罪的脚印　无意间

灯油烧尽　木柴倔强着稀疏的火星

暴徒坐在议会门口　高举肿胀的双手

喧嚣酝酿的叛乱正温柔发酵　月色里

半醒半睡之间　被体内的未来踹了一脚

在田野

请直视我的眼睛　在田野
当我站在春种与秋收的分界线
我将起点埋进巢穴　圈养蚂蚁
用残留在指甲的污垢喂饱两岁的女婴

人们描述我就像描述土地
该死的母亲绑架了我的清澈与爱美
我被四季榨干　被种子吸食
回报卖身契上　匍匐的谢意

丈夫总在年前一天夹雪而归
屋子堆满丰收的麦子和他的香水
我用一年时间收集的雨水将身体洗净
让他的烟灰掉落我身　激发征服欲

他捏起我瘦弱的手臂　咒骂枯竭的奶水
呵斥女娃的哭声　在梦里为未孕育的男孩取名
我赤身裸体走进雪夜　今夜与土地同眠
我知道我从未拥有土地　就像从未成为母亲

在森林

请直视我的眼睛　在森林

在我被绳索高高挂起

月总选择清冷地旁观我的胴体

洒下悲悯的光试图加速鞭痕成型

我因热爱狩猎被判有罪

人们高举火把　默念《圣经》

让父亲在我身上刻下女巫的字迹

神父将我放逐到森林　勒令与灯火隔离

我想起爱人的下跪　承认中了巫蛊

就像他曾经教我奔走、拉开饱满的弓

教我行动如他　割下兽皮

愚蠢与快感让我失明　未发现乌云遮蔽星星

我睡在马的尸体里　梦见原始的母系氏族

醒来只有月旁观我的胴体　还有幽微的血腥

我第一次为坚持落泪　像第一次跃上马背

寂静岭里　我掐死了一只误入歧途的流萤

在审判台

请直视我的眼睛　在审判台

在我挺直身板时　只关注笔触是否有力

慈悲丢给我一枚假币和一罐蜂蜜
法官握紧天平　手捧《薄伽梵歌》和《古兰经》

我承认善变今天喜欢摇滚明天为古典落泪
我承认多情常和前男友打麻将开烧烤派对
我承认挥霍总是扔掉上个季度的所有衣物
我承认残忍赶走在家里随地大小便的猫咪

我不承认巷子口的谋杀案与我有关　一年前的拐卖案是我所为
我不承认巨星X的出柜是我介入　《苹果日报》的桃色新闻
我不承认网上散播的谣言　指控我是高中校园暴力的主谋
我不承认世界上一切的难怪　暗自揣度的活该

千万个当事人决定找寻犯罪的蛛丝马迹
男孩目击我在案发现场穿着不雅的低胸抹裙
民意表决下　我因"暴露罪"被判处一天有期徒刑
在警局门口　撞见刑满释放的艳星

呓语四则

一夜春梦

闹钟在角落安静地蜷缩
回溯声指向凌晨四点钟
杜鹃从冬夜的平原飞回
准备啄食我嶙峋的伤口

我幻想在冰融之时凋零
葬在首朵雏菊盛开之地
万物生长是眉宇的山峰
再把双脚泡在云里沉浸

灰色站在梦的中央画下
没有十字路口的人行道
令我身在暗夜无阻通行
驰骋出墙上积灰的月历

我沉迷停靠有露无星之夜
感受戏剧在时间里荒废
雾气氤氲一片树色阑珊
轮廓分裂　寂静地狂响

二回夏音

燥热在蝉鸣里失重漂浮
信仰上升　四面楚歌
风捏成怀旧的各路形状
等待炎热把火烧云炸响

我目睹夏夜赤裸的月食
年岁与税单在肩头标示
像寡淡的一方观音茶
浸泡舒张只为悄然沉下

横亘天堂与人间的水汽
涨满浓绿的脉络与眼眶
尊严匍匐打字机的晦涩
记录每日的两行悲伤

我有磐石一样的决心
把自己铺成刚强的铁轨
火车载满强盗与妓女
破晓前碾着我驶向西方

三降秋凉

停摆的表等待两次校对
和高举黎明的旗帜、双手

搬上集市门口的案板

与明天一起待价而沽

雨干燥酸涩像睡醒的猫

叫我将高傲慵懒纹在瞳孔

万斤秋霜浓为一块饼干

甘愿饥饿做它柔软的脚掌

鬓角拒绝合流与受骗

在柳叶衰败里倔强蔓延

麦田收割一季的稻谷　　光秃

翘首企盼一染即白的光临

我怀念印在雪上的影子

酝酿此刻幻梦里的诗歌

我点烟吐圈　　咳嗽三声

是支撑黑夜的棉被　话语　灯

四失冬困

在困意排山倒海之前

把嘴唇交换给深秋的草原

遗失的吻梭巡在无影营地

伫立成捍卫黑夜的逃兵

母亲喜欢把我切割成时节

东西南北　　二十四刻

一块抹上砾石　潮湿的煤炭
一块掩埋　静候　来年的发芽

习惯让听觉曝光喧闹的旧城
无奈将把视觉悬空在偏僻小径
神经受困　雨刷冻结
情绪凝结上树梢　没有雪下

庆幸自己为轮回的片羽
才能安然卧在日出时的冰上
奉上空濛里最柔情的面孔
是海沸腾的浪　有声的画

孤独六首

一、混乱

重拾写日记的习惯，
想留下琐碎，记得月初祭祖，
城市每时每刻都被占领，
不是时间和你我可以决定。

方言交杂，交融，再搅失，
命令恋人说着情话，一百种。
抱着怀旧的梦，自饮营养奶昔，
风拂过树木的叹息，好像外语。

反光镜折射的，谁的孩子在啼哭，
他的脐带遗失，锁在高阁的抽屉，
回声在空荡里反复呼吁，
通向新生的无数复建的天梯。

不知疲倦，一颗星落在人群，
烟蒂、碎纸、口香糖黏在一起。
暮色沉沉，向彼岸渡一艘纸灯，
那是乡愁的距离，畏怯暴雨将至。

二、忧郁

又在午夜梦回少年，睡眼惺忪，
恰逢在天台描下的伟业，嘲笑我。
错杂无端，找到曾经剪下的轮廓，
年轮圈圈，春归的翅膀，一栅栏爬山虎。

以把自我献身于海之渴求，
练习缺氧，伴游鲨鱼，放逐虚无，
制造险境，双手拥抱狂风暴雨的惊喜，
搁浅海滩于风和日丽，从伤口沥出晶体。

以世间之利器阻我，以世间之钝器锤我，
我的心要长在泥土里，开出忧郁的年轻。
挥霍又丢失，山河在身体里层层叠叠，
沉淀在脚底，要我归还愚昧与嫩芯。

星空迁徙，榨干少女富饶的平原，
海已消失，一条东流的河驮着倦意，
而我，站在梦与现实的分界地，于沉沦里，
盘错起四散的枝叶，遗憾成一个老兵。

三、焦灼

交谈，把心脏埋在四通八达的脚掌，
在胸口装上起搏器，投递简历与征婚信息。
骑士驾云而来，面孔框在东方明珠，

折射的光掉落底层，强迫希望感受贫穷。

雷同的蚊子抓痒出各异的地图，
邮箱里堆积着形形色色的抛锚人生，
苦心孤诣建造自我小塔，刷上粉漆，
空酒瓶从高空落下，碰碎一地景观。

剪出生活的细枝末节，拼凑粘贴，
藏起一把挽不紧的簪，调整手机分辨率，
七情六欲随时待命，呼叫转移，
收割野性，呐喊摇滚里暴力的昏厥。

干了这碗烟肺，狂饮在派对痛哭，
银行锁着犯罪记录，谋杀了虚荣。
害怕夜幕覆盖，与影子共生，
每日每夜真实的心脏，只是变厚的脚掌。

四、梭巡

在我仅有的地皮里，分配着仅有的天空，
不连贯的四颗行星，接受上帝照明。
我用永不背弃换得安睡，培育一季伴侣，
天际离我时远时近，只要能在轨迹爬行。

院子里藏着生物链的难题，
寻不到起点，就像丢掉寿命，
云聚云散，缓缓压着房檐的燕子，
它们在黑夜的边沿弹琴，在白天沉睡。

我的行星上是否也有人周而复始于时间，
推着除草机，渴望潺潺小溪，
是否在夜里捕风，书写一页浮萍，
在阳台铺上凉席，对话天真的自己。

而我丢掉了一颗星，在梭巡的盹里，
良心憔悴，又得忠诚地活着，
消逝无声，蒸发了半生浇灌的泪水，
三束暗淡的光，击中我永恒的悲伤。

五、困顿

时常梦见一座房屋，长长的走廊，
空气绵密如群山之木，锈意满室，
忽然立成高楼，有直达天堂的电梯，
心脏困顿于云层稀薄，只好贩卖肉体。

出口在时辰里颗粒无收，
横渡光阴，渴望从良于乌有之乡，
给想法配上眼镜，为发电厂储存潮汐，
那个灭亡的理由，仍在白昼失明。

城市倒转成湖海，与诚实作对，
悲欢限时享用，一纸答案蹒跚，
梦里循环于上下求索，流血于广场，
梦外雷声踉跄，在红绿指数里身披万马。

咀嚼纤细生活，围墙对叠，
倾覆的巢穴，错觉独享宿命，
我拎着油桶浇灌五角大厦，倚靠顶楼，
与亏欠的日常和解，在四十岁的园地。

六、救援

酒杯要把咽喉喝碎，从今天浪费，
老鼠溜进米仓，搬运有温度的粮食，
风拧干了教堂的所有蜡烛，
谁的担忧一败涂地，漆黑数柄。

想占有阳光，砍掉门口小树，
却被父亲关进枯井，接受洗礼，
想分身再承重，无奈救援茫茫，
既做踏实的好人，也是霸凌的帮凶。

确幸抚摸常态，从糖果到足球彩票，
规训良驹，日光下润泽韬隐之心。
大概是不忍谁的梦再破碎，
命令和平久久地停在笼子里。

等世界熄灭时唤醒一块骨头，
让半醒吞噬彩虹，给深谷染色，
把路过的妇人强行装进故事里，
我要变卖破碎山河，换取回音一声。

辑四　薄雾森林

失　　眠

青蛙总是在夏夜鸣叫
蛐蛐也跟着合奏　像是接力
太阳早都睡了
星星眨着困倦的眼睛
他们却集体失眠了

妈妈怎么也失眠了呢
还在缝着我的校服上掉落的纽扣
我想知道妈妈什么时候睡觉
却在习习凉风里
不小心睡着了

种 惊 喜

把100分的试卷种在了花盆里

像自然课上学的种树苗那样

精心浇水、施肥

晒充足的太阳补钙

还放进去两只蚯蚓松土

等到明年就能长出一堆满分试卷

在妈妈生日时给她一个大惊喜

桂　花　酿

外婆的桂花树
栽在我出生的院子里
从小我便喝着桂花味的奶水
枕着桂花入睡

每年　三月的春雨一下
四月　桂花便开始漫香
夜里我总能听见桂花嘻嘻的笑声
它们跟梦在玩捉迷藏

我把采集的桂花
埋在外婆的褶子里
它们从外婆身上的小河里汲取营养
变成浓稠可口的桂花酿

后来呀　外婆与我相约在梦里
她住进了玲珑的月宫
在四季都开着桂花的庭院里
给嫦娥传授制作桂花酿的秘籍

西 瓜 冰

我喜欢在冬天吃西瓜冰
在放学回家的巷子拐角
贩卖的老爷爷牙齿都掉了
能听见骨头"咯吱咯吱"的声音

夏天的小摊前排起了长队
人们在大树下乘凉　摇着蒲扇
老爷爷时常在角落里打起盹儿
只有电风扇的声音好像蝉鸣

老爷爷总是唤我小晴
听妈妈说那是他孙女的名字
"爷爷不收小晴的钱——"
我便玩起躲猫猫,把钱放进抽屉里

我因偷吃西瓜冰而拉肚子
谎称是夜里着了凉
我看着桌上留给爸爸的红烧肉
却只能喝着淡淡的白米粥

老爷爷今天也能吃上红烧肉吧
用他"咯吱咯吱"的牙齿
小晴是什么模样呢?我在睡前想
并默默预约了下周的西瓜冰

姐姐的红皮鞋

姐姐的红皮鞋
放在柜子的最顶层
我像姐姐一样站在凳子上
却与它差了一个手掌

每到周末姐姐便穿上它
在家里练习舞步
红皮鞋翩翩起舞
像森林里灵动的小鹿

姐姐不让我试穿红皮鞋
把它们仔细擦拭
青春的约会伴随着动人的小雨
还有混着春雷的"嗒嗒"的皮鞋声

我为第一次学会了失眠兴奋不已
这样是不是就能更快长大了呢

熊与冬天

熊问孩子
冬天是什么样子
孩子说
冬天是森林里仙女的魔法
让大地穿上银白色的衣裳
雪地上的七彩雪球放声歌唱
滚过大大小小的手掌

熊问秋天
冬天是什么样子
秋天说
冬天是着急的赶路人
花了一个季节才染红的枫叶
冬天一来就要落下

熊问流浪汉
冬天是什么样子
流浪汉说
冬天是冷酷的使者
潮湿的桥洞里塞不满棉花
破碎的柳絮飞出冰冷的渴望

熊在入冬之际
决定丢掉睡眠

当第一片雪轻轻地落在熊掌
瞬间融化
熊欣慰又疲惫地说
原来冬天是温柔的死亡

睡在一朵云上

当我睡在一朵云上

1

如果你也像我

拥有一朵云

那么它会在萤火虫都睡了的晚上

带你悄悄起航

探访鼾声有趣的梦

嘘　别告诉别人

鼾声里面装着童话

2

风总是喜欢在我驾着它的时候

挠起我鼻子的痒痒

我打一个喷嚏

就知道是它顽皮造访

温热的水汽

一片飘着薄雾的小森林

3

我想去陶渊明的花园

可是隐居已经失踪了

116

我在云上长出健壮的四肢
把过去重新盖起
我欢喜着我的小木屋
忘记了课桌上的习题

4

原来钟楼里那只老猫是得道高僧
有着惊人的轻功与洞察力
只是它隐藏得很深
就像我喜欢抓着妹妹那高高的马尾辫
是呀　我才不喜欢她

5

天上的小星星都是未解决的难题
一闪一闪亮晶晶
来我这里吧
我把我的糖果都分享给你
还有我收藏的春天的雨季

6

同桌的女生
喜欢在梦里涂抹妈妈的化妆品
我想起她郑重地宣誓着她的主权
严肃地划下了我们的界河
然后等我不在时
偷偷用了我的铅笔和橡皮

7

朦胧的月光
夹杂着奶奶手指上的泥土香
洒下一片静谧的诗意
我终于安心做起了梦
在这片暖和的云上
这样我就能梦见满目的庄稼
小黄狗在等我回家